KB157830

한국 희곡 명작선 20

집을 떠나며 "나는 아직 사랑을 모른다"

한국 희곡 명작선 20

집을 떠나며
"나는 아직 사랑을 모른다"

박장렬

평민사

박장걸

집을 떠나며 "나는 아직 사랑을 모른다"

제작 : 연극집단 반 / 작·연출 : 박장렬
2018년 11월 16~25일 / 아르코예술극장 소극장

등장인물

아들 : 우리시대의 아들
아버지 : 월남전 참전용사, 자살로 사망
엄마 : IMF 이후 집안의 가장이 됨, 행불자
남자 : 부조리를 상징하는 인물 (해군복을 입었다)
딸 : 자살한 여고생
그녀 : 고양이를 잃어버린 옆집 여자
※ 지앙빈 : 아들의 이복누이. 베트남 작가 (가상의 작가임)

무대 설명

시간과 공간은 아들의 기억에 의해 자유롭게 배치되고 진행되어야 한다.
우리의 기억은 온전치 않고 또한 자유롭지도 않다.
아들과 그녀를 제외하고는 아들의 기억 속에 살아가고 있는 인물들이다.
무대는 아들이 오랫동안 혼자 살고 있는 방.
접이식 침대와 정리가 되지 않은 물건들과 내일이라도 이사를 갈 듯이 쌓여져 있는
박스들이 보인다. 오른쪽에 지저분한 흔들의자와 오래된 레코드플레이어가 보인다.

1장

아버지가 축음기에서 흘러나오는 노래를 듣고 있다.

엄마는 재봉틀을 돌리고 있다.

딸은 방을 청소하며 엽서를 쓰고 있다.

아들은 자신의 침대에 앉아 책을 읽고 있다.

총을 들고 해군복을 입은 남자가 등장한다.

딸이 눈을 가린 채 흔들의자에 서서히 앉는다.

남자가 서서히 움직이기 시작한다. 총으로 딸을 처형한다.

남자가 연설하기 시작한다.

남자   우리는 인터넷 유튜브를 통해 한 소녀의 처형장면을 보았습니다. 아마도 이 라이브영상은 전 세계인들 중 극히 적은 숫자만 보았을 것입니다. 전 세계에는 인터넷이라는 문명의 이기가 도달하지 않는 장소, 또는 경제적 이유로 인터넷을 사용하지 못해 영상을 보지 못한 인류가 많으니까요. 그러나 영상을 본 사람들은 눈물을 흘리고 가슴이 먹먹했을 것입니다. 그리고 망연자실 하늘을 쳐다보거나 자신들의 가족들을 생각했을 것입니다. 그러나 우리들의 일상은 전혀 변하지 않음을 또한 느끼고 비루한 감정에 다시 한 번 눈물지어야 했을 것입니다. (축음기 소리가 멈춘다) 그녀는 자신과는 아무런 상관없는 명분으로 죽어갔습니다. 인종과 이념이 종교가 다르다는 이유로 그녀는 희생양이 되었습니다. 살인과 폭력은 어떠한 이유로도 용납되어서도 용서해서는 안 되는 행위입니다. 여러분 우리는 행동해야 합니다. 누구의 잘못입니까? 무엇이 원인일까요. 한마디로 우리가 일상에서 불의에 대항하지 못했기 때문입니다. 직장에서 가정에서 그리고 매일 타는 버스와 전철에서 만나는 사람들에게서, 매일 먹어야하는 음식들에서, 매일 마셔야 하는 공기 속에서 우리는 항상 패배자로 남아야 합니다. 우리는 우리들을 비루하고 사라져야 할 패배자로 길들여 왔습니다. 더 이상 전쟁이라는 묘비명 앞에 소중한 목숨들을 바쳐서는 안 됩니다. 우리는 우리 일상에서 아주 작은 일에서부터 목소리를 내야하고 행동하고 연대해야 합니다. 나쁜 사람은 나쁜 사람이라고 옳지 않은 일은 옳지 않은 일이라고 말해야만 합니다. 신이 인간에게 주신 위대하고 소중한 언어를 통해, 말을 통해 우리는 행동해야 합니다.

어디선가 뱃고동 소리에 이어 여자의 비명소리가 들린다. 딸이 비명소리에 맞춰 나간 후 해군 천천히 나간다.

아버지가 자신의 다락방에서 급히 뛰어 내려온다.

아버지 무슨 소리 못 들었어.

아들 무슨 소리. 난 아무소리도 못 들었어.

아버지 그래, (남자가 두고 간 총을 보며) 이게 뭐야?

아들 내가 바다에서 잡아 온 거라고 말했잖아.

아버지 이걸로 뭐할 거야. 먹을 수도 없잖아. 팔면 얼마나 받을까. 팔 수도 없겠다. 아니다. 고물상에 가면 팔겠다. 요즈음 고철 1kg에 얼마나 하지?

아들 그거 권총이야. 권총은 고철이 아냐. 그거 쇠로 된 무기라고.

아버지 아! 그렇구나. (들고 있던 권총을 바닥에 던지며) 네가 죽이고 싶다던 그 여자는 이미 바다 속에 있다면서.

아들 인간은 항상 손에 든 걸 사용해야 직성이 풀리잖아. 누군가를 죽여야 되겠지. 항상 그랬잖아. 아버지가 항상 손에 든 몽둥이로 날 때렸듯이 말이야.

아버지 내가 널 때렸다고! 내가 언제! 난 기억이 나질 않아, 그랬다면 미안하다. 미안하다.

아들 ……

아버지 축음기 음악 튼다.

아버지　(아버지 소주를 찾아 한 모금 마신 후) 넌, 커피 한잔 마실
　　　　래?

아들　　커피는 써서 싫어.

　　　　비가 내린다.
　　　　재봉틀에 앉아 있던 엄마 일어나 내리는 비를 쳐다본다.
　　　　아버지 창가로 와 내리는 비를 보며 노래를 읊조린다.
　　　　엄마 우산을 펴고 집을 나선다.

아버지　**(집을 나가는 엄마를 향해) 어디 가~~~ 어디 가~~~ 가**
　　　　지 마~~~ 돌아와~~~

　　　　사라지는 엄마.
　　　　아버지 다리를 절며 아주 천천히 의자에 앉아 헤드폰을 끼고
　　　　박제가 된다.

아들　　그래서 내가 아버지 다리를 그렇게 만들었다. 아버지의
　　　　몽둥이로. 다리 안 아파… 비도 오는데.

　　　　비 소리만이 무대를 채운다.

아들　　(소설책의 표지를 읽는다) 〈집을 떠나며, 지앙 빈〉, (뒷장을

넘긴다) "전쟁의 반대말은 평화가 아니라 예술이다", "컴컴한 달빛도 죽고 별빛도 죽은 밤, 파도소리는 마치 장송곡처럼 길게 울려 퍼지는 밤, 그 밤에 난 태평양 바다 한복판에 서 있었어. 그 순간 난 집이 그리워졌어. 가족들이 생각났지. 여기는 어디지!" 전쟁의 반대말은 평화가 아니라 예술이다.

초인종소리가 들리며 엄마가 천천히 무대로 들어온다.
엄마의 의상은 화려하지만 촌스러운 원피스이다. 엄마의 화장이 진하다.
한 손에는 우산을 한 손에는 포장된 통닭이 들려있다.

엄마   아들, 엄마 왔어. 아들 오늘 하루 잘 지냈어. 엄마는 오늘 하루 기분이 영 꽝이었어. 통닭 사왔는데 먹을래. 학생이 쿠폰을 줘서.

엄마 웃으며 겉옷을 벗고 짐을 재봉틀 옆에 놓아둔다.

엄마   너도 알지? 우리 옆집에 새벽이라는 아이. 새벽이하고 오늘 사랑하기로 한 날이거든.

밥상을 정리한 후 통닭을 올려놓는다.

비 소리가 그친다.

엄마 새벽이랑 거길 갔어. 강가에 3층짜리 모텔 있지. 그 창
가에서 보면 강 건너 느티나무가 정말 멋지거든! 오늘
도 누가 거기 앉아서 낚시하더라. 아들, 언제 낚시 한번
같이 가자! 너도 알지? 엄마가 매운탕 잘 끓이는 거.

엄마 정지한다.
아들이 임마에게 다가와 엄마가 가리키고 있는 곳을 본다.
음악이 흐른다.
여동생이 지나가다 엄마가 가리키고 있는 곳을 본다.
박제되었던 아버지도 눈을 뜨고 쳐다본다.
온 가족이 한 곳을 향해 그렇게 머물러 있다.

딸 다녀오겠습니다.

아들 정지해 있는 엄마의 곁에 다가와 미소를 짓는다.
통닭을 본다. 행복하다.

엄마 (웃는다) 새벽이의 거시기 있잖아. 자그마한 게 발갛고
정말 끝내주더라. 새벽이 정말 즐겁고 끝내주는 아이
야. 그런데 새벽이가 나랑 섹스를 하고나서 막 우는 거

야. 자기 아버지 태양이 곧 올 거라고 너무 웃기지 않
니. 아버지라니! 내가 새벽이를 달래주고 있는데 문이
열리더니 새벽이 아버지 태양이 들어오는 거야. 그리곤
새벽이는 말없이 고개를 숙이고 날 힐끔 쳐다본 후 뛰
쳐나가는 거야. 아버지! 그 씹할 새끼가 나하고 하자는
거야. 아니면 미성년자 강간으로 고소를 하겠다고 지랄
하면서, 그래서 그냥 내 다리를 벌려줬지. 새벽이 아버
지 좀 불쌍하더라, 정말 너무 행복하게 섹스를 하는 거
야. 그래서 나도 기분이 다시 좋아졌는데, 갑자기 문이
열리더니 새벽이가 다시 들어오는 거야. 그리곤 그 자
식하고 새벽이하고 둘이서 달려드는 거야, 개새끼들!
방심한 내가 잘못이었어. 아주 계획적인 거지! 그런데.
나쁘지 않았다. 오랜만에 셋이서 하니까 너무 좋더라
고, 너도 알지? 엄마가 기분 좋으면 노래 부르는 거.

엄마 돈을 세며 노래를 부른다. 아들에게 용돈을 건네준다.

엄마   너도 알지? 엄마가 기분 좋으면 노래 부르는 거.

아들 다시 돈을 세는 엄마를 만지려 하나 엄마가 바닥에 쓰
러진다.
모든 시간이 정지한다.

아들 정지한 엄마를 응시한다.

아들   엄마는 새벽에 나가 한낮의 뜨거운 태양 아래 자신을 던졌다. 난 그 시절 그렇게 알고 있었다. 비가 오는 날 엄마가 집을 나가기 전까지는… 이들은 내 기억 속에서 살아가고 있다. 아버지! 어머니!

아들 자신의 방으로 들어간다.
고양이 울음소리가 들린다.
어디선가 우당탕하고 무엇인가 바닥에 떨어지는 소리가 들린다.
소파에서 잠들어 있던 아버지는 깨어나 엄마를 발견한다.
쓰러진 엄마를 발견한 아버지. 오열한다.

아버지   당신들한테 분명히 말했지. 내 여자를 건드리지 말라고. 내가 못 배웠다고 무시하는 모양인데. 당신들한테 다시 한 번 말하는데 내 여자를 절대로 넘보지 말란 말이야. 알았어. 내가 지구를 10바퀴 돌고서야 만난 여자야. 내가 7명의 사람을 죽이고서야 만난 사람이라구 알아. 나의 절대적 사랑이라구! 난 내 사랑을 지키기 위해 평생을 열심히 살아왔다구. 내가 잘못한 일이라고는 평생 진심을 다해 사랑하고 죽도록 일했다는 거야. 당신들은 껍데기들이야. 껍데기! 껍데기들은 가라! 내 사랑은 절대 죽지 않아. 내 여자는 절대 죽지 않는다고! 내 사랑은 신화야 이미 전설이 되었단 말이야.

아버지 박수를 친다. 뱃고동 소리가 들리며 남자가 들어온다. 남자는 엄마에게 주사를 놓는다. 아버지 괴로워하며 이를 악문다.

아들　그 남자는 엄마랑 눈이 맞아가지고 바다를 건너갔다. 모든 걸 버리고, 둘은 처음에 좋았다. 둘은 온 세계를 돌아다녔다. 모든 돈이 다 떨어질 때까지. 하지만 둘의 끝은 안 좋았다. 남자는 도박에 섹스에 마지막으로 마약으로 쫑치고. 어느 날 여자가 남자에게 물어봤다.

엄마는 생기를 회복하고 남자를 반갑게 맞는다. 둘은 웃는다. 아버지는 신음소리를 내며 뒤로 숨어 둘을 지켜본다.

엄마　사랑이 뭐라고 생각해?

남자　사랑은 얼음처럼 차갑게 녹는 거야… 그러다가 미지근해지고 그리고 증발해서 사라지는 거야. 사랑을 믿어서는 안 돼. 사랑이라는 감정 대신에 그녀의 미소, 그녀의 숨결, 그녀의 젖가슴, 그녀의 걸음걸이, 그녀의 목소리,

그녀의 살랑대는 치맛자락, 그런 것들을 믿어. 사랑은
없어.

엄마 (몸짓과 함께) 그러니까 당신은 내 가슴, 목소리와 걸음
걸이 사랑하지?

남자 사랑은 내 감각과 감정을 믿는 거야. 다시 말해서 사랑
은 날 믿는 거야. 그녀의 미소를 보는 눈, 그녀의 숨결
을 느끼는 내 볼, 그녀의 젖가슴을 만지는 내 손, 그녀
의 걸음걸이를 따라하는 경쾌한 내 발걸음, 그녀의 목
소리를 듣는 내 귀, 그녀의 살랑대는 치맛자락을 들추
고 싶은 내 순전한 욕망! 알겠어. 그게 바로 사랑이야
진정한 사랑.

남자와 엄마는 서로 행복하게 웃으며 키스하려 한다.

아버지 그만해.

엄마는 생기를 잃고 바닥에 쓰러져 굳어져간다.

아들 (아버지에게 다가서며) 욕망이 사랑이라고 개소리하고 있
네. 내가 이 남자를 죽여 버릴까?

남자는 일어나 사라진다.

아버지   그는 이미 죽었어.

아들   아버지도 죽었잖아.

사이.

아버지   소주 한잔 할래?

아들   술 좀 그만 마셔.

고양이 울음소리가 들린다.

아버지   난 파병군이었지. 우리 부대는 민간인 마을에 베트콩이 떴다는 첩보를 듣고 마을로 잠입했어. 미군 UH 1H 수송용 헬기를 타고. (술을 마시며) 새벽에 이동해서 마을 입구에서 잠복을 하며 기다리고 있다가 아침 해가 뜨기를 기다렸지. 푸른 새벽의 새소리들과 풀벌레소리들, 조용하고 아름답고! 빌어먹을! 어쨌든 새벽이 왔어. 그 새벽에 우리는 마을로 조용히 아주 조용히 들어갔지, 임무는 간단했어. 베트콩을 찾아내서 사살하라~~ 우리 부대원 12명중 3명은 엄호를 하고 9명은 각자 한 채의 집 앞에서 분대장의 명령을 기다렸지. 수신호가 떨어지고 우리 9명은 집 안으로 들어갔어, 엄청난 총소리와 비명소리가 들렸지, 약 10분 후 우리는 집 밖으로 모두 나왔지. 마을은 조용했어… 아무런 소리도 들리지 않았어. 모두를 사살한 거지, 민간인이냐 베트콩이냐는 중요하지 않았어. 왜냐하면 뜨거운 총알이 발사되기 시작하면 멈출 수가 없거든. 모두 죽여야만 끝나는 거야. 그들은 모두 베트콩이었으니, 진짜로. 어제 그 마을에서 우리 전우가 죽었으니까… 아침 해가 떠올랐어! 난 뒤돌아 봤지. 내 전우들을. 군인들을!

바림이 흐른다.
폭행을 당한 듯한 처참한 모습의 딸이 등장한다.
바닥에 쓰러져 있던 엄마는 일어나 재봉틀을 돌리기 시작한다.

딸   아빠 친구들이 날 때려 나 좀 도와줘.

딸은 아버지를 보지 못한다.

아버지   그렇게 모두 마을 사람들을 몰살시키고 우리는 그 마을을 불태우고 돌아왔지. 돌아오는 길에 숲속에서 벌벌 떨고 있는 여자를 체포했지. 운 좋게 마을에서 도망 나온 여자지. 우린 왜 그랬는지 모르지만 그 여자를 윤간했어. 부대원 12명은 차례로 우리의 딱딱하고 크게 부푼 성난 성기를 집어넣었지 그 여자는 비명도 못 지르고 눈을 감고 알 수 없는 말을 중얼거렸어. 우리 12명도 마찬가지였어. 아무런 소리도 내지 않고 그 여자와 했지. 욕망을 해결하고 우리는 함께 숲속에서 오줌을 누웠지. 그 12명이 새벽에 뿜어내는 오줌줄기 그리고 물소리. 씹할! 우리는 남자였고 불쌍한 군인들이었고 나약한 인간들이었지.

아들   (거칠게) 설마, 우리 엄마가 베트남 여자였다는 거예요.

아버지   아니야, 아니야. 아니야!! 내가 베트남에 갔다 왔다는 거야. 베트남에 갔다 왔다고 베트남에, 베트남에 갔다 왔다고!!!! 내가!!!!!

아들   아버지는 내 아버지 맞죠?

아버지   아버지!⋯ 난 그냥 이야기를 한 거야. 누구나 알고 있는 이야기지만 잊어버린 이야기⋯ 슬픈 이야기. 사랑이야기.

아들   엄마는 도대체 어디 있는 거야? 왜 아버지는 매일 골방에서 술만 마시는 거야. 가족은 한 집에서 살아야 한다고. 아버지 정신 좀 차려요. 이러고 있는지 벌써 7년째야.

아버지   난 떠날 거야. 내 사랑이랑.

아버지 헤드폰을 쓰면 음악이 흐른다.

엄마가 일어선다.

엄마는 옷을 차려입고 외출을 준비한다.

아버지　미안해. 내가 너무 오래 기다리게 했지. 내가 얘기를 빨리 끝냈어야 했는데. 미안해. 전쟁이 끝난 후 당신을 다시 찾아가기까지 너무 내 인생을 허비했어.

엄마　……

아버지　사랑해. 다시는 당신을 떠나지 않을 거야. (주먹을 치켜세우며) 사랑한다고~~

엄마　(겁에 질려) 사랑해.

실랑이 후 둘은 밖으로 함께 나가려고 한다.

아들　가지 마. 거기 서. 나 혼자 두고 어딜 가. 움직이지 마.

둘은 잠시 아들을 뒤돌아본다.

아들　내가 당신들 아들이라구. 난 더 이상 외롭고 싶지 않아. 자식에게는 부모가 있어야 한다고 날 버리지 마. 당신들 사랑을 위해 날 버리지 말란 말이야. 난 태어나고 싶어 태어난 게 아니야. 당신 둘이 사랑해서 날 이 세상에 던진 거잖아. 날 책임져야지 아니 적어도 날 동정은 해야 하는 거 아냐… 이 집을 떠나야 할 사람들은 당신들이 아니라 내가 떠나야 한다고. (나무총으로 겨누며) 한 발자국만 더 움직이면…

엄마와 아빠 나간다.
그녀가 갑자기 방안으로 들어선다.
구두를 신고서 방안을 뒤지며 무언가를 찾는 그녀를 보며 당황하는 아들.

그녀　제 동생 못 봤어요?

그녀는 다시 고양이를 찾는다.

그녀　제 동생 정말 못 봤어요?

아들을 고개를 내젓는다. 그녀는 문 밖으로 나간다.
잠시 후, 다시 구두 신고 들어서는 그녀.
아들이 구두를 가리킨다.

그녀　(구두를 벗으며) 죄송해요. 제 동생이… 그러니까 제가 기르는 고양이. 못 봤어요?… 문이 열려 있어서!

아들　고양이요?

그녀　네. 저는 옆집 사는… 제 동생 검은 고양이 못 봤어요?

(핸드폰을 꺼내 사진을 보여주며) 러블리 하죠.

그녀가 웃으면 아들이 웃는다. 그녀 고양이를 찾는다.

그녀   죄송해요. (아들의 침대 옆에 있는 트렁크를 가리키며) 어디
      가시나 봐요?

아들   네.

그녀   어디요?

아들   (책을 내밀며) 그 책 작가 만나러요.

그녀   〈집을 떠나며〉 (책장을 넘긴 후) 지앙빈! 베트남 작가네
      요.

아들   네, 그 작가가 저를 초대했어요.

그녀   좋겠다!!! 작가의 초대라니 너무 멋지시다! 그럼 작가랑
      절친?

아들   네. 저의 이복누이라고 하네요.

그녀   "이복누이라고 하네요" 남 말하듯이 하네요.

그녀가 웃는다!!

그녀   죄송해요! 베트남에는 코코넛 커피가 진짜 맛있다던데.
      하나만 사다주세요. 아 고양이.

그녀 꾸벅 인사를 하곤 나간다. 이어 문 밖에서 들리는 그녀가 고양이를 찾는 소리.

음악이 흐른다. (음악은 라디오 오프닝 음악이다 '배철수의 음악캠프')

딸이 등장한다.

아들은 과거의 어동생과의 시간 속으로 들어간다.

딸　　(손에는 엽서를 들고 있다) 오빠 내 사연이 라디오에 당첨 됐어.

아들　　사연? 너 또 공부 안하고!!

딸　　아 진짜야!! (엽서를 읽는다) 오빠 보여! 꽃이 떨어지고 있어, 하얀 꽃들이 춤을 추며 떨어지고 있어. 춤추는 꽃들이 바다를 향해 달려가고 있어! 꽃들이 사라지고 있어 검은 바다로! 꽃들이 손을 흔들며 사라지고 있어! 대한민국의 셰익스피어를 꿈꾸는 문학소녀의 사랑이야기입니다. 가지 마! 가지 마!

아들　　걱정하지 마. 다 잘 될 거야! 착한 내 동생 걱정하지 마!

딸　　오빠 나 아무렇지도 않아! 난 꽃이야!

사이.

딸　　오빠! 기억 나! 우리 가족 마지막 소풍!

아들 ……

딸 내가 중학교 3학년이구 오빠가 막 군대에서 제대하고 진해로 갔었잖아! 벚꽃 피는 진해로! 아빠는 바빠서 얼굴도 못 봤어, 엄마랑 오빠랑 우리 셋이, 진짜 맛있는 통닭에! 진짜 화사한 벚꽃에!

아들 그래 기억하지 1997년.

딸 나 알아. IMF! International Monetary Fund.

아들 IMF 기억하지.

딸 그날 엄마가 해군아저씨 만난 거야. 엄마랑 나랑 둘이 벚꽃나무 아래에서.

아들 그만해

딸 달빛이 빛나고 달빛보다 더 화사한 벚꽃나무 그 아래! 그 해군아저씨가 웃고 있었어! 아저씨!!!!!

아들 그만해. 다 지나간 일이야. 내 동생, 정신 차려야 돼. 그래, 그래. 이 열만 내리면 다 지나갈 거야. 그만해.

딸 오빠 내가 미워? 오빠는 항상 날 사랑하잖아. 그렇지?

아들 아무도 널 미워하지 않아.

딸 쉿! (오빠를 밀치며) 거짓말하지 마. 아무도 날 사랑하지 않아. 아무도 날 그리워하지 않아. 내 사랑은 이미 끝났어. 나 18살인데. 내 인생은 이미 끝났어. 오빠 보여? 꽃이 떨어진다. 하얀 꽃들이 춤을 추며 떨어진다. 춤추는 꽃들이 바다를 향해 달려간다. 꽃들이 손을 흔들며

사라진다! 검은 바다로! 가지 마! 가지 마! 오빠 오빠가
바람을 멈춰줘! 오빠 난 너무 무서워!!

아들　　안 돼.

딸이 커터 칼을 꺼내 손목을 긋는다.
모든 것이 성지힌다.
문밖에서 그녀가 고양이를 찾는 목소리가 들린다.
어둠이 내려앉는다.

암전.

2장. 아들의 꿈속 장면

네 명의 가족이 안개가 가득한 밤의 강을 건너려고 한다.
멀리서 개 짖는 소리가 들린다. 아버지의 랜턴의 불빛이 보
인다.

아버지   조금 있으면 강 건너에서 불빛이 세 번 깜빡일 거야. 그
        러면 그 불빛을 향해 건너가면 되는 거야.
아들   저 수영을 못하는데요.

사이.

아버지   걱정하지 마. 가뭄이 들어 허리 깊이 정도일 거야.
엄마   웅덩이만 조심하면 돼.
아들   어디가 웅덩이인지 알 수 없잖아요.
아버지   나만 따라오면 돼.
아들   강을 건너가면 그 다음은요?
아버지   우리를 안내할 사람들이 기다리고 있을 거야.
엄마   걱정하지 마. 목적지까지 안내해야 나머지 돈을 줄 거
        니까.

강 건너에서 불빛이 깜빡인다. 숫자를 센다. 5번이다.

아들　　세 번이라면서요.

아버지　……

아들　　다섯 번 깜빡이는데요.

아버지　조용히 해.

다시 깜빡인다. 4번 깜빡인다.

아들　　네 번이에요. 어떻게 해요.

아버지　뭔가 전달이 잘못 된 거 같다. 어쨌든 약속한 시간에 정
　　　　　확하게 깜빡였으니 맞겠지.

아들　　맞겠지라뇨?

아버지　시끄러워. 가자.

엄마　　조금만 더 기다려 봐요.

다시 깜박인다. 9번이다.

아들　　아홉 번이에요.

아버지　가만… 아홉 번 깜빡였지? 아 그렇구나. 정확히 아홉
　　　　　번 깜빡인 거야. 총 처음에 3번 깜빡이고 두 번째 3번,
　　　　　마지막 3번. 삼세번 삼세번의 세 번 깜빡인 거야 내가

	잘못 알아들은 거지. 건너가자. 선택의 여지가 없어.
엄마	여보!
아들	일단 오늘은 돌아가고 다시 기회를.
엄마	그래요. 불안해요. 돌아가요.

개 짖는 소리가 더 가까이 들린다.
네 명은 더욱 불안해진다.

엄마	당신이 결정하세요.
아버지	우린 선택의 여지가 없어 무조건 건너가야 한다구. 가자.
아들	전 남을래요.
아버지	뭐?
아들	맨 처음부터 전 가고 싶지 않다고 말해잖아요.
엄마	우리가 강을 건너고 나면 넌 이 도시에서 살아남기기 쉽지 않아. 반체제 반인사로 분류되면 네 미래는 없어.
아들	브로커들에게 당할 거야. 강을 건너면 브로커들은 우리 돈을 뺏고 죽일 거예요.
아버지	아냐, 내가 얼마나 오랫동안 준비한 일인데.
아들	권력자들하고 브로커들은 다 연결이 되어 있대요.
아버지	너야 말로 거짓정보와 잘못된 교육에 세뇌당한 거야.
엄마	그만들 해요.

아들   아버지는 왜 항상 이런 식이에요. 제가 논리적으로 이야기하기 시작하면 절 정치적으로 몰아붙여요.

아버지   네가 말하는 것은 논리도 정치적인 것도 아냐. 그냥 주워들은 이야기지. 자신이 경험하지도 않은 일들을 마치 자신이 알고 있는 듯이 떠들고 있잖아.

아들   그럼, 아버지는 다 경험하셨다고 말할 수 있어요? 지금 이 순간이 아버지 인생에서 들이 닥칠 거라고 생각해 본 적 있어요. 아버지의 말과 글들 때문에 우리 가족이 이 강을 건너게 된 사실을 잊으셨어요?

아버지   그만해.

아들   아버지가 저랑 상의하고 그런 글들을 신문에 게재했냐고요. 이번 사건의 피해자는 저예요. 알아요. 전 아버지보다 젊다고요. 앞으로 제 인생을 생각하셨다면 어떻게 그런 글들과 말로 권력자들을 화나게 할 수 있어요. 아버지 때문에 제 인생이 꽃피지도 못하고 끝나버려도 된다고 생각하…

딸   오빠 조용히 해.

개 짖는 소리가 들린다.

정적.

아버지   우리 조금만 생각해보자. 5분만.

아들   아뇨 3분.

엄마   그래요. 3분이면 충분해요.

딸   그래요.

아버지   좋아, 3분.

가족들은 생각에 빠진다.

남자가 책을 들고 들어온다. 등장인물들 각자의 생각에 빠진
다.

남자 연설을 시작한다.

남자   인간은 생각하는 동물이다. 동물 중 유일하게 인간만이
언어와 활자를 통해 의사소통을 한다. 그러기에 인간은
자신의 생각을 남들에게 전하고 싶어 한다. 그 소통의
과정에서 인간은 사상에 눈을 뜨게 되고 자신이 옳다고
믿는 바를 전하기 위해 조직을 만들고 정당을 만든다.
그 정당은 국가로 발전하게 되고 국가들은 필연적으로
전쟁을 일으키게 된다. 다시 말해 이데올로기가 전쟁을
만든다는 것이다. 그러나 그 이데올로기는 인간을 행복
하게 만들지 못한다. 왜냐하면 이데올로기란 상당히 부
자연스러운 옷이기 때문이다. 인간들이 원하는 최소한
의 행복추구인 의식주를 해결하기 위해 만들어진 사상
들은 애초부터 자신들이 원하는 목적을 달성하기 위해

서 시스템을 구축하고 방법을 강요하기 때문이다. 인간은 불행하다. 생각할 수 있다는 것은 불행한 일이다. 그러기에 우리는 생각을 뛰어넘은 무엇을 원한다. 그것이 예술이다. 예술은 생각위에 있는 무상의 마음이고 무념의 생각이다. 어쨌든 계속해서 전쟁은 일어나고 인간들이 죽고 가족이 해체되고 있다. 언어와 활자를 통해 정치를 해야 하는 것이 아니라 언어와 활자를 통해 예술을 할 수 있도록 가르쳐야 한다. 오직 그것만이 인간들이 최소한 인간답게 살게 만드는 유일한 방법이다. '어둠의 반대가 밝음이라면 전쟁의 반대말은 평화가 아니라 예술이다' 라고 요즈음 잘 나가는 지앙빈 작가가 그녀의 신간 소설에서 밝히고 있다. (남자 박수를 친다) 우리는 정치적인 인간이 필요한 게 아니라 예술적 인간이 필요하다. 그런데 난 정치도 예술도 더구나 사랑도 모르는 인간이 되어버렸다. (사이) 난 사랑을 모른다. 난 사랑을 모른다. 난 아직 사랑을 모른다.

남자 퇴장한다.
강 건너에서 불빛이 깜빡인다. 숫자를 센다. 세 번이다.

아버지　세 번이다. 가자.
아들　　함정이에요.

아들이 딸을 붙잡는다.

딸　　아빠!!

아버지　함정 아니야. 지금 아니면 못 건너간다고. 네가 결정해. 우리랑 같이 건너갈지 아니면 여기에 혼자 남을지. 선택해.

아들은 남을 것을 선택한다.

아버지　가자.

가족들 강은 건너 사라진다.
어둠속에 아들은 혼자 남아 있다.

아들　　잘한 결정이야. 아버지는 항상 강요만 했지. 그래 옳은 선택이야.

강 건너에서 총소리가 들린다.
아들은 주저앉아 멍하니 건너편 강가를 향해 랜턴을 깜박이고 있다.

주제곡 노래가 흐른다.

작사 박장렬, 작곡 박진규, 노래 장수환

컴컴한 달빛도 죽고 별빛도 죽은 밤
파도소리는 마치 장송곡 같던
검은 하늘도 죽고 바다도 죽은 밤
바람소리는 울음소리 같던 그런 밤
누군가 그리워하고 미워도 하고
또 사랑도하고 결국 이별도 하고
멀리 여행도 하고 머물러보고
또 떠나보아도 같은 자리 맴돌던 그런 밤
난 어둔 바다 속 깊은 곳에 잠긴듯해
그럴 땐 난 집이 그리워 가족들이 생각 나

노래가 흐르는 가운데…
엄마와 남자가 강을 건너와 아들을 지나쳐 사라진다.
잠시 후, 딸과 남자가 등장해 강을 건너간다.
아들은 이 상황을 이해하지 못하며 주저앉는다.
노랫소리가 커진다.
멀리서 유성이 떨어진다.

3장

아무도 없는 공간에 침대만이 보이고 아들이 누워있다.

총소리와 함께 아들이 꿈에서 깬다.

아들의 옆에 놓여있던 트렁크가 보인다.

초인종 소리가 들린다. 엄마가 들어온다.

엄마   아들, 엄마 왔어. 저녁은 먹었니? 네가 좋아하는 갈치 사왔으니까 잠깐만 기다려. 그런데 동생은 어디 갔어?

아들   ……

엄마   아들. 프라이팬은 어디 있지. 식용유는 어디 있더라⋯ 그런데 네가 좋아하는 게 갈치였나. 기억이 나질 않네. 아들, 너 갈치 좋아하는 것 맞지? 아니었니? 미안해, 어 쨌든 내가 갈치를 사왔으니까. 잠깐만 기다려.

봉투에서 갈치를 꺼내 든다.

엄마의 손에 들린 건 갈치가 아니라 책이다.

엄마   어, 책이네! 내가 분명 갈치를 사왔는데, 아줌마한테 "갈 치 주세요" 했거든. 미안해. 내가 잘못했어. 화내지 마.

그래 내가 금방 나가서 다시 사올게. 금방 갖다올게.

아들 나가지 마.

엄마 화내지 마. 내 잘못이 아냐. (아들의 머리를 쓰다듬으며) 선생님이 그러는데 우리 아들은 좋은 대학에 갈 수 있다고 했어. 잠깐만 기다려.

아들 배 안 고파.

엄마 그래, 그럼 과일이라도 먹을래, 내가 아침에 사다놓은 과일이 어디에 있지. 여기 있다.

다른 봉투를 꺼내든다. 과일이 아니라 또 다른 책이다.

엄마 분명이 과일을 사다났는데! 이게 왜 여기에 들어있지.

아들 배 안 고프다구.

엄마 미안해, 내가 요즈음 정신이 하나도 없어. 너도 알잖아. 아버지 사업이 망해서. 그런데 동생은 어디 갔어? 네가 동생을 잘 보살펴야 해. 동생은 불쌍한 아이야. 알지?

아들 친구 집에서 자고 온대.

엄마 … 여자가 잠은 한 곳에서 자야 되는데.

아들 엄마가 그런 이야기 할 자격 있어?

엄마 미안하다. 미안해. 이 돈을 벌려면 어쩔 수가 없어

아들 돈을 벌려고… 누구나 밤에 나가지는 않아.

엄마 알았어. 아버지는?

아들　몰라.

　　　다른 봉투를 꺼내며.

엄마　여기 있다. 내가 널 주려고 청바지 하나 샀다. (청바지가
　　　아들이 입기에는 매우 작다) 엄마가 선물을 사왔잖아… 아
　　　무런 반응이 없네. (신경질적으로) 입기 싫으면 입지 마.

아들　신경이 거슬리네요.

　　　아들이 작은 청바지를 신경질적으로 입고 움직인다.

아들　… 제가 엄마 말을 듣기에는 너무 컸네요.

　　　딸이 학교에서 돌아와 들어온다.

딸　다녀왔습니다.

　　　딸은 천천히 집안을 둘러보고 자신의 방으로 들어간다.
　　　엄마 서 있는 아들을 잠시 쳐다본 후.

엄마　아들 너, 언제 그렇게 컸니? (아들의 가방을 보고) 저 트렁
　　　크는 뭐야?

아들   떠나려고.

엄마   어딜!

아들   이 책의 작가를 만나러

엄마   (책을 살피며) 집을 떠나며! (웃으며) 아들 책을 읽는 건 좋은 일이야 하지만, 넌 아직 어려서 혼자 아무 대도 못 가. 좀 더 커야지!!!

사이.

엄마   아들! 옛날이야기 하나 해줄까

아들   ……

엄마   너 어렸을 때 내가 애기 해 주는 거 정말 좋아했는데. (봉투를 뒤적이며) 우리 아들을 위해서 과자를 사가지고 왔어요. 내가 분명히 과자를 사다 났는데 요즈음 자꾸 뭔가를 잊어버려. (아들을 보며) 하지만 기억이 나지 않는 게 좋을 때도 있지! 그렇지?

아들   ……

엄마 아들에게 양초와 라이터를 건네준다.

아들 양초를 켠다.

엄마   아들. 옛날에 전쟁이 일어났어. 한 남자가 왕의 부인을

납치해 바다를 건너 도망쳤지. 그 한 남자는 바다건너 나라의 왕족이었거든. 부인을 잃어버린 왕은 나라의 모든 군인들을 모으고 배를 모아서 해변에 모였지. 그런데 바람이 안 부는 거야. 아들 옛날 배들은 엔진이 없었기 때문에 바람이 불지 않으면 움직일 수 없었거든.

딸이 등장해 둘을 지켜보고 있다.
아들은 엄마의 어깨에 기대어 이야기를 듣는다.
행복해 보이는 모자의 모습.

엄마 바람이 하루 이틀 아니, 한 달 두 달 아니 몇 년째 안 부는 거야. 말이 되니? 그러니까 7년 동안 바람이 안 불어서 배가 움직이지 못했다는 거야. 웃기지! (큰 소리로) 7년 동안 바람이 안 불었대. 그래서 배들은 항구에서 꼼짝 못하고 있고, 군인들도 지쳐 지쳐서 자신들이 군인인 것조차 잊어버리고. 왕은 미칠 지경이었지. 왕은 자신의 딸을 신께 바쳤어. 바람이 불어오게 해달라고 제물로 바친 거야. 그러자 바람이 불고 왕은 바다를 건너 전쟁을 하러 갔다는 거야. 딸을 잃어버린 엄마는 미쳐 버렸지. 애지중지 키운 딸이 하루아침에 신의 제물로 사라져 버렸거든. 그래서 엄마는 복수를 다짐했어. 그런데 엄마는 여자야. 아무런 힘이 없었어. 그래서 권력을 가진 사람을 꼬여서 자신의 부하로 만들고 애인으로 만들어서 왕이 돌아오자 자신의 왕이자 남편인 사람을 죽였다는 거야. 어때 멋진 여자지. 멋지지 않니?

아들　엄마! 그 엄마는 아들 손에 의해 죽임을 당했죠. 그 왕의 이름은 아가멤논 왕이고.

아들·딸　그 엄마는 클리템네스트라 여왕이고, 여왕이자 엄마를 죽인 아들의 이름은.

아들·딸　오레스테스.

엄마　(딸에게 신경질적으로) 시끄러워.

딸은 집을 나가버린다.
아들이 동생을 따라가나 잡지를 못한다.

엄마　아는 이야기이구나.

아들　엄마가 들려줬죠. 그리스 신화이야기들.

엄마　그랬니. 난 좋은 엄마였어.

남자가 등장한다.
음악이 흐른다.
남자가 딸의 눈을 천으로 가린다.
아들이 남자와 딸의 광경을 보고 놀라 숨어서 지켜본다.

남자   돌아! 돌아! (이 장면은 남자와 딸의 위험한 관계를 상징하는 동작이다)

딸은 눈을 가린 채 빙글빙글 돌기 시작한다. 딸은 돌면서 행복해한다.
남자 퇴장한다.
딸은 눈을 가린 채 남자를 찾아 빠른 걸음으로 나간다.

엄마   왜 바람이 7년 동안 불지 않았을까. 왜 인간은 복수를, 증오를 멈추지 않았을까. 신은 복수를 전쟁을 원하지 않았던 거야. 그래서 인간들에게 바람을 보내주지 않았던 거지. 복수는 피를 불러. 증오는 전쟁을 부르는 거야. 아들! 너도 날 증오하지 마라.

아들   (고통에 차 울고 있다) 인간은 신보다 약해요. 그래서 정의가 필요한 거예요. 신은 정의가 필요 없죠. 신 자신이 정의이니까요. 하지만 인간은 정의를 버리면 동물이 되어버리죠. 먹고 싸고, 먹고 싸고. 알아요? 엄마는 정의를 잃어버린 동물이에요.

엄마   넌, 항상 날 미워하는구나.

아들   아니죠. 엄마가 짙은 화장을 하고 아버지를 배반하고 다른 남자 품에 안긴 그 이후부터죠.

엄마 촛불을 꺼버린다.

엄마 날 버린 건 네 아빠야 알아? 회사가 IMF 때 아버지를
버렸듯이 아버지도 날, 우리를 버렸어. 아버지는 집을
나갔어. 그리고 7년이 지나서야 돌아왔어. 그 7년 동안
너희들을 믹이고 입히고 키운 거 나야. 바로 이 엄마라
고. 알아? 내가 싫어하는 그 분 냄새와 향수가 너희들
을 먹여 살린 거야. 알아? 날 탓하지 마. 아빠를 망하게
한 회사를 욕하고, 회사를 망하게 한 대통령을 욕하고,
대통령을 보좌한 멍청한 정치가들을 탓하란 말이야.

아들 웃기지 마. 살기 힘들다구 모든 여자들이 모든 엄마들
이 정부가 되지는 않았어. 모든 엄마들이 남편을 버리
고 아이들을 키우지는 않았다구. 그런데 엄마는 정부에
다 창녀까지 되었잖아.

엄마 난 외로웠어.

아들 외롭다고 모두 정부가 되지는 않아.

엄마 (뺨을 때리며) 난 그를 사랑했다.

아들 사랑했다고 모두 남편과 아이들을 버리지 않는 다구.

엄마 날 버린 건 네 아빠야. 지난 7년 동안 아무런 소식이 없
이 날 버린 건 네 아빠라고.

아들 당신은 2년 만에 다른 남자의 정부가 된 것도 잊어버리
셨어요.

엄마 아들!!! 네 동생이 저렇게 네 아빠 때문이야. 알아. 난 돈! 돈을 벌기 위해 나가야 했고 넌 군대에 가야했고. 네 동생이 저렇게 잘못된 건 다 네 아빠 때문이야. (울면서) 난 너희들을 사랑해.

아들 그러시겠지요. 집에만 오면 아들을 사랑하고. 집 밖에 나가면 당신 자신을 사랑하고.

엄마 아들 오늘은 그만하자. 아들.

아들 엄마도 죽었잖아!!!

아들 방을 뛰쳐나간다. 거리를 헤매는 아들.

아버지 자신의 골방 안에서 베트남전쟁의 환상 속에서 총질을 한다.

엄마는 방 안에 혼자 남아있다. 외로이!

딸은 눈을 가린 채 거리를 헤매고 있다.

아들이 다시 방 안으로 들어온다.

아들 아뇨. 오늘은 끝을 내죠. 모든 걸 끝내고 집을 떠나야 돼요.

나무총을 겨눈다.

방아쇠를 당긴다. 총소리가 나고 쓰러지는 엄마.

쓰러지는 엄마…

엄마 아들!

아들 빵!

아들이 엄마를 향해 총을 당기는 장면은 세 번 반복된다.

아들 쓰러진 엄마를 보며 운다. 우당탕하는 소리가 들린다.

아버지가 등장해 쓰러지는 엄마를 본다.

아버지가 아들을 몽둥이로 패기 시작한다.

아버지는 책을 들고 숨어있는 아들을 데리고 나온다.

아버지 인생은 불공평한 거야. (아들에게 책을 주며) 읽어.

아들 (읽기 시작한다. 자신의 이야기처럼 말하기 시작한다) 있잖아
요. 어느 날 비가 오는 날… 내 아버지와 엄마는 날 두
고 사라졌어요. 여러분도 기억하실 거예요.

아버지 음악을 튼다.

아버지 크게. 읽어!!!

아들이 책을 읽는 동안 아버지는 침대에 쓰러져 있는 아내를
세워놓고 껴안는다.

딸은 불러서 옆에 앉힌다.

아들　(큰소리로 빠르게) 그 날 버스에는 사람들로 가득했어요. 모처럼 연휴에 가족들 연인들로 가득 찬 버스는 벚꽃구경을 가기위해, 손에는 맛있는 음식들로 가득 찬 가방을 들고, 모두들 행복한 기운으로 사람으로 붐비는 버스의 후덥지근한 온도를 견뎌내며 달리는 버스의 라디오에서 들려오는 비틀스의 노래를 들으며 모두들 행복했죠. 모퉁이를 돌아 벚꽃이 흐드러지게 피어있는 강가에 들어서자 사람들은 환호성을 질렀죠… 그 아름다운 햇살에 반짝이는 꽃잎들, 모두들 사랑하는 사람의 손을 잡고, 서로의 눈을 마주보며 미소를 짓고 있었죠. 버스가 목적지에 도착하고 우리는 버스에 내려 그 향긋한 봄꽃 내음과 그보다 더 향긋한 웃음과 사랑의 향기를 느끼며 벚꽃 길을 걷기 시작했죠. 재잘거리는 아이들 소리 소곤거리며 웃는 연인들 그리고 가족들의 웃음소리들! 그런 시간이 아름답게 흘러가는 순간, 갑자기 하늘에서 이상한 소리가 나고 모두들 하늘을 쳐다보는데 강력한 불기둥이 쏟아져 내렸어요. 불기둥들이 벚꽃 사이로 쏟아져, 내 아버지와 어머니에게 화려한 벚꽃보다 더 화려한 불기둥이 불꽃처럼 피어오르기 시작했고 모든 아름다운 것들은 순식간에 타오르기 시작했죠.

아버지를 중심으로 모든 가족이 모여 있다.

아버지　그리곤 비가 내리기 시작했어요, 검은 비! 세상 모든 사물들은 시커먼 구정물이 되어서 흘렀어요. 모든 걸 사라지게 했어요. 외계인들이 쳐들어 온 거죠, 알았어? 이 지구인 병신들아 외계인들이 와서는 모든 사람들을 죽이기 시작했다고. 알아~~ 전쟁이 일어났다고 알아 ~~ 외계인들이 여자들을 강간하기 시작했어. 그 벚꽃 나무에 여자를 묶어놓고는 그들의 길고 커다란 성기를 휙휙 하늘에 한번 휘둘러 딱딱하게 발기시키고 성나게 해서는 여자들의 치마를 들치고 음모를 쓰다듬은 후 곧장 쑤셔댔지, 외계인의 성기는 여자들의 거기로 들어가 여자들의 입으로 나왔어. 그리곤 그 징그러운 성기를 통해 온갖 배설물들이 쏟아냈지. 알아~~ 모든 여자들이 강간을 당하고 죽임을 당했다. 모든 남자들을 댐으로 끌고 가 댐이 남자들의 시체로 가득 찰 때까지 쳐 넣었지. 알아~~ 댐은 핏물로 가득 차고 악취로 가득 차고 물고기들이 하늘로 뛰어오르고 땅으로 뛰어오르고 그리곤 바람이 불기 시작했어요. 악취가 진동하는 바람, 사람의 뼈 속으로 파고드는 바람! 전쟁이 모든 것을 사라지게 했어요. 지금 말하는 나도 사라진 거야. 전쟁은 모든 것을 모든 사랑을, 모든 감정들. 거짓말이 아냐. 우린 다 이미 사라진 존재라고. 너희들도 잘 알잖아. 알아~~

안개가 피어난다.

비틀스의 음악과 헬리콥터 소리가 무대를 장악하기 시작한다.

헬리콥터 소리와 함께 남자가 등장한다.

딸은 눈을 가린 채 거리를 헤매고 있다.

엄마는 남자와 만난다. 둘은 정사를 벌인다.

아버지 우린 다 구역질나는 존재야. 왜냐고 너희들이나 나나
전쟁을 묵인했으니까. 내 일이 아니라고 생각했지. 그
래서 우린 사라진 거야…

모든 것을 지켜보고 있던 아들이 방을 나간다.

아버지 다락방으로 올라가 쓰러져 울고 있다.

침묵.

남자가 방 안으로 들어온다.

남자 어디 있니. 어디 있을까 내 귀염둥이. 어디 숨어있을까.
이 깜찍이. 어서 나와서 아저씨를 반겨주어야지.

딸이 등장한다. 둘은 서로 반갑게 껴안는다.

딸   아저씨.

남자   (딸의 귓가에 속삭인다) 돌아! 어서!

딸   사랑해요. 사랑해요 아저씨. 사랑해요.

딸은 수줍어하며 돈다. 남자는 만족해하며 지켜보고 있다.
엄마가 등장해 딸의 모습을 본다. 당황해하다가 딸을 정지시
킨다.

엄마   사랑해요.

엄마가 돌기 시작한다. 딸도 돌기 시작한다.
엄마와 딸이 남자를 가운데 두고 빙빙 돌기 시작한다.
남자는 만족해하며 외친다.

엄마·딸   사랑해요

남자   돌아~~~ 돌아~~

숨어서 지켜보는 아버지…
엄마가 동작을 멈추고 딸을 지켜본다.
이어 딸도 동작을 멈춘다.

남자   운명은 어쩔 수 없죠. 전 두 여자를 모두 사랑했습니다.

이런 일이 제 인생에 일어 날 거라고는 상상해 본 적이 없어요. 인생을 참, 알면 알수록 모순투성이고 이해할 수 없는 일들로 가득한 것 같아요. (다가와 선 아버지에 게) 운명적 사랑이라면 받아들여야죠. 나나 당신이나.

아버지 야구배트로 남자를 쏜다.

아버지   빵! 빵! 빵!

세 번 반복한다. 남자는 쓰러진다.
비가 내리기 시작한다.
시간이 흐른다.

엄마   비가 오네… 아들 너 부침개 좋아하지… 밀가루는 어디 있지… 집에는 없지. 엄마가 금방 나가서 사올게… 금 방 갖다올게.

긴 사이.

아들이 어두운 방안으로 들어와 여행가방을 가지고 나가려고 한다.
그녀가 갑자기 방안으로 들어온다.

그녀 왔어. 왔어요. 돌아왔어요. 집이 왜 이렇게 어두워요 우리 집 구조랑 같은 구조 (방 불을 켜며) 우리 태양이가 돌아왔어요.

아들 태양이요?

그녀 아, 우리 고양이 이름이요. 그러니까 원래는 우리 동생 이름 대양이거든요… 제 동생은 몇 년 전에… (울컥 한다) 아 이 얘기는 안 할래요… 제가 슬퍼지니까… 오늘은 우리태양이가 돌아온 기쁜 날이거든요. 스파게티 좋아하세요. 제가 이래뵈도 요리사자격증도 있거든요… 오늘은 어떠세요. 저희 집에서 아주 조촐하게… 저번에 제가 너무 무례하게 군 것도 있고… 어떠세요.

아들 고맙습니다. 그런데 제가 내일 새벽비행기를 타야 해서.

그녀 아, 가시는구나. 이복누나 만나러.

아들 네.

그녀 (웃으며) 축하할 일이 두 개나 생겼는데! 그럼 파티 해야죠. 저는 동생이 돌아오고 작가누나를 만나러 가는 날이잖아요. 아 아쉽지만 파티는 저 혼자 해야겠네요. 스파게티 많이 만들어놨는데.

아들 저기요. 잠시만 제 얘기 좀 들어주실 수 있어요?

그녀 네 물론이죠.

침대에 자리를 마련한다. 그녀는 앉는다.

아들   아 감사합니다. 음, 이야기를 어떻게 시작할까요?

주제곡이 흘러나온다.
그녀와 아들 대화를 나눈다.

〈난 아직 사랑을 모른다〉
작사 박장렬, 작곡 박진규, 노래 박선옥

사랑이 달려가네 새벽이 속삭이네
아직 사랑을 모른다고
사랑이 달려가네 태양이 출렁이네
나는 아직 사랑을 모른다고
우린 아직 사랑을 모른다고

운전대를 잡고 붉은 신호등을 향해 달려가는 고독해 보
이는 아버지.
붉은 립스틱을 바르며 사랑을 향해 달려가는 슬퍼 보이
는 엄마.
이미 끝나버린 분홍색 꿈을 하얀 볼에 담고 달려가는
나의 여동생.

모두가 잠든 밤에 난 사랑하기 위해 달려간다.

사랑이 달려가네 새벽이 속삭이네
아직 사랑을 모른다고
사랑이 달려가네 태양이 출렁이네
나는 아직 사랑을 모른다고
우리는 아직 사랑을 모른다고

그녀는 아들의 이야기를 듣고 일어나며.

그녀　　잘 다녀오세요. 갔다 오시면 스파게티 같이 먹어요.

그녀 나간다.

아들　　(빈 방을 둘러 본 후) 다녀오겠습니다.

아들 방 불을 끄고 방을 떠난다.

끝.

한국 희곡 명작선 20

집을 떠나며 "나는 아직 사랑을 모른다"

초판 1쇄 인쇄일   2019년 1월 16일
초판 1쇄 발행일   2019년 1월 25일

지 은 이   박장렬
만 든 이   이정옥
만 든 곳   평민사
　　　　　　서울시 은평구 수색로 340 [202호]
　　　　　　전화: (02) 375-8571(代)
　　　　　　팩스: (02) 375-8573
　　　　　　http://blog.naver.com/pyung1976
　　　　　　이메일 pyung1976@naver.com
등록번호   제251-2015-000102호
　정 가   6,000원

※ 이 책은 사단법인 한국극작가협회가 한국문화예술위
2019년 제2회 극작엑스포 지원금을 받아 출간하였습니다.